Amber

Jun-Yeong

Pablo

Matilda

Marwin

Hasan

Rebecca

Gracias a todas estas escuelas por su ayuda con las guardas:

St. Barnabas Primary School, Oxford, Inglaterra;
St. Ebbe's Primary School, Oxford, Inglaterra;
Marcham Primary School, Abingdon, Inglaterra;
St. Michael's C.E. Aided Primary School, Oxford,
Inglaterra; Sr. Bede's RC Primary School, Jarrow,
Inglaterra; The Western Academy, Beijing, China;
John King School, Pinxton, Inglaterra; Neston Primary
School, Neston, Inglaterra; Star of the Sea RC Primary
School, Whitley Bay, Inglaterra; Escola Básica José Jorge
Letria, Cascais, Portugal; Dunmore Primary School,
Abingdon, Inglaterra; Özel Bahçeşehir İlköğretim Okulu,
Estambul, Turquía; International School of Amsterdam,
Países Bajos, Holanda; Princethorpe Infant School,
Brimingham, Inglaterra.

Para mi esposa, Suzie – K. P.

Título original: *Winnie in Winter*

©1996 Valerie Thomas (texto)
© 1996, 2016 Korky Paul (ilustraciones)

Winnie y Wilbur en invierno se publicó
originalmente en inglés en 1996.
Esta edición se ha publicado según
acuerdo con Oxford University Press.

*Winnie in Winter was originally
published in English in 1996.
This edition is published by arrangement
with Oxford University Press.*

D.R. © Editorial Océano, S.L.
Milanesat 21-23, Edificio Océano
08017 Barcelona, España
www.oceano.com

D.R. © Editorial Océano de México, S.A. de C.V.
Eugenio Sue 55, Polanco Chapultepec
Miguel Hidalgo, 11560, Ciudad de México
www.oceano.mx
www.oceanotravesia.mx

Primera edición: 2006
Segunda edición: 2013
Tercera edición: 2017

ISBN: 978-607-527-101-9

IMPRESO EN CHINA / PRINTED IN CHINA

VALERIE THOMAS Y KORKY PAUL

Winnie y Wilbur

EN INVIERNO

OCEANO Travesía

La bruja Winnie miró por la ventana
y tuvo un escalofrío. Su jardín estaba
cubierto de nieve. El estanque
estaba congelado. De los tejados
colgaban carámbanos de hielo.
—Estoy harta del invierno —dijo.

Wilbur entró por la gatera.
Tenía las patas mojadas y los bigotes
congelados. Wilbur también
estaba harto del invierno.

De pronto, a Winnie
se le ocurrió una idea.

Dejó lo que estaba haciendo,
tomó su libro de hechizos
y lo leyó atentamente.

Luego se puso el abrigo de lana, el gorro,
las botas para la nieve, los guantes y la bufanda.
Tomó su varita mágica y salió al jardín.

Wilbur llevaba su abrigo de piel, así que
también salió. Pensó que podía pasar algo
emocionante y no se lo quería perder.

Winnie cerró los ojos.
Se puso de puntillas,
contó hasta diez, agitó su varita
cinco veces y gritó:

¡Abracadabra!

Y entonces ocurrió algo mágico…

El sol brilló con fuerza sobre la casa de Winnie.
El cielo era ahora de un azul intenso.
Y la nieve había desaparecido.
En casa de Winnie ya no era invierno.
Era un día soleado de verano.

Winnie se quitó el abrigo de lana, el gorro,
las botas para la nieve, los guantes
y la bufanda, y salió al jardín a tomar el sol.
—¡Qué maravilla! —dijo Winnie—.
¡El verano es mucho mejor!

Wilbur se había tumbado al sol y ronroneaba.
"Qué maravilla", pensó. "El verano es mucho
mejor que el invierno".

Todos los animales del jardín
se iban despertando.
Se había interrumpido su letargo
invernal y estaban muy enfadados.

Salieron de sus escondrijos,
bostezando, medio dormidos.
—Es demasiado pronto para
que llegue el verano —gruñeron—.
Queremos volver a dormir.

Las semillas, que dormían
bajo la nieve, se despertaron
y comenzaron a crecer.
Primero salieron las hojas,
luego brotaron las flores.

Pero hacía demasiado sol y
empezaron a ponerse mustias.
Todas aquellas preciosas
flores se estaban muriendo.

Winnie estaba preocupada.
A los animales y a las
flores no les gustaba
su fantástico verano.

Entonces escuchó
un ruido muy extraño…

Winnie volteó y vio a muchas personas.
Todas corrían hacia su casa.

Se amontonaron en su jardín.
Se quitaron los abrigos, los gorros,
las botas, los guantes
y las bufandas.

Se tumbaron al sol. Pisaron las flores
de Winnie. Tiraron cáscaras de naranja
en el césped de Winnie.
Chapotearon en el estanque de Winnie.

Pronto, Winnie y Wilbur se quedaron
sin lugar en su propio jardín. Entraron
en la casa y miraron por la ventana.
El ruido era espantoso.
El desorden era espantoso.
El maravilloso verano de Winnie
era espantoso.

Entonces Winnie escuchó
otro ruido extraño.

Un tintineo…

Alguien estaba vendiendo helados en su jardín.

Winnie estaba furiosa.
Tomó su varita mágica.
Se asomó al balcón.
Dio un puntapié, cerró los ojos, contó
hasta diez, agitó su varita cinco veces y gritó:

¡Abracadabra!

El sol desapareció.
El cielo azul se nubló.
Y la nieve empezó a caer.

Todos volvieron a ponerse los abrigos, los gorros, las botas,
los guantes y las bufandas, y se marcharon a sus casas.
Los animales se retiraron para terminar su siesta invernal.
Las flores se escondieron bajo la nieve a esperar la primavera.

Winnie y Wilbur entraron
de nuevo en la casa. Winnie
se preparó una taza
de chocolate caliente
y un panecillo tostado.
Wilbur tomó leche caliente.

Luego Winnie se acurrucó en la cama.
Wilbur se enroscó a sus pies y ronroneó.
—Qué calentito y acogedor es esto
—dijo Winnie—. El invierno
también es maravilloso.

Bethany

Katia

Eun-Jae

Kathleen

Ji-Eun

Jenny

Sara